# LoliRock™

## Le sort de multiplication

Adapté de l'épisode *Multi-Amaru,* d'après un scénario original
de Elise Allen et Madellaine Paxson.
Auteurs de la bible littéraire : David Michel et Jean-Louis Vandestoc.
Réalisé par Jean-Louis Vandestoc.
Création des personnages principaux : Bertrand Todesco.
Illustration de couverture : Marco Albiero.



Novélisation : Vanessa Rubio-Barreau.
Conception graphique du roman : Lorette Mayon.
Mise en pages : Valérie Gibert et Philippe Sedletzki.

Hachette Livre, 58, rue Jean-Bleuzen, 92178 Vanves Cedex

# LoliRock™

## Le sort de multiplication

hachette
JEUNESSE

La vie d'Iris change complètement le jour où elle découvre qu'elle est la princesse du royaume magique d'Éphédia ! Elle se bat alors pour reprendre le trône, tout en s'adonnant à sa passion pour le chant au sein de son groupe : LoliRock !

C'est l'héritière du trône de Volta ! Cette jeune princesse très extravertie n'a pas mis longtemps à s'adapter à la vie sur notre planète : elle adore toutes les activités humaines et, particulièrement, le shopping !

C'est la princesse de Xéris, le royaume le plus sérieux d'Ephédia ! Envoyée sur Terre avec Auriana pour entraîner Iris, Talia prend sa mission très à cœur. Et pour cause, elle ne supporte pas les humains, trop frivoles à son goût !

Cette espèce de petit chat au pelage mauve venu d'Ephédia est le seul capable de faire apparaître l'arène de combat qui permet aux princesses d'affronter leurs ennemis. Il peut également se transformer en un gigantesque cheval ailé !

Cet horrible personnage s'est emparé du trône d'Ephédia lorsque Iris n'était encore qu'un bébé. Mais pour prendre définitivement le pouvoir, il lui faut retrouver toutes les pierres de la couronne royale...

Ces jumeaux maléfiques travaillent pour Gramorr, coincé à l'intérieur du palais à cause d'un sort lancé par la reine avant sa disparition. Leur mission ? Retrouver les saphirs d'Ephédia avant Iris !

# 1
## Le grimoire magique

Ce matin, Iris et Auriana répètent la chorégraphie de leur prochain concert dans leur studio d'enregistrement, au sous-sol de la maison de tante Ellen.

– Un, deux, trois…, compte la princesse d'Ephédia en enchaînant les pas

de danse. On finit en beauté ! Et un, deux, trois !

Les deux filles s'immobilisent dans une pose identique. Leurs amies, Carissa et Lyna, les applaudissent à tout rompre.

– Waouh ! Ce nouvel enchaînement était parfait ! commente la princesse de Calix.

Iris s'étire en souriant.

– Merci ! C'est gentil.

– Bon, maintenant, il ne nous reste plus qu'à l'apprendre à Talia, remarque Auriana en s'épongeant le front.

– Ne t'en fais pas. Elle connaît tout le reste de la chorégraphie. Cela lui prendra beaucoup moins de temps de…

– Je suis là !

Justement, Talia arrive avec un gros livre entre les mains.

– J’ai enfin trouvé le grimoire d’Abazel. Il donne plus de détails sur les sorts qu’Iris est en train d’étudier.

Carissa se précipite vers elle, surexcitée.

– Génial ! Fais voir ! Moi aussi, j’ai envie d’apprendre de nouveaux sorts !

Elle veut saisir l’épais ouvrage orné de symboles magiques, mais Talia le tient hors de sa portée.

– Je ne suis pas sûre que tu sois prête, pour l’instant. Ce grimoire contient des sorts très complexes.

Carissa insiste :

– Allez, s’il te plaît ! J’ai envie de progresser !

La princesse de Xéris secoue la tête, l’air sévère, avec ses longs cheveux bruns et lisses.

– Navrée, mais c'est non. Chaque chose en son temps. Il faut que tu sois patiente.

Lyna pouffe derrière sa main comme si elle n'avait jamais rien entendu d'aussi drôle.

– Patiente ? Carissa ?

Cette dernière se tourne vers son amie, furieuse.

– Je peux savoir ce que tu insinues ?

Lyna hausse les épaules, puis explique :

– Tu es toujours très pressée de découvrir de nouveaux sorts, sauf que tu n'as pas la patience d'apprendre à les maîtriser.

– C'est faux ! se défend Carissa, vexée. Tu racontes n'importe quoi !

Et sur ces mots, elle lui tourne le dos, furieuse, tandis que Lyna tend le doigt en prononçant :

– *Cristal-Lévitus.*

Carissa s'élève dans les airs malgré elle.

– Mais… Hé, ho ! Arrête ! Repose-moi tout de suite ! ordonne-t-elle.

En la voyant se débattre, suspendue la tête en bas dans le vide, Amaru glousse en plissant le museau.

Lyna secoue la tête d'un air réprobateur.

– Tu vois, Carissa ! Je t'ai lancé ce sort des dizaines de fois, et pourtant, tu n'as jamais voulu prendre le temps de perfectionner ta défense.

– Ah, tu crois ça ? réplique l'intéressée. *Cristal…*

Mais Iris s'interpose.

– Ça suffit ! Vous n'allez quand même pas vous battre !

Lyna rompt le charme sans prévenir… et Carissa retombe lourdement sur le sol. Elle serre les dents de rage.

Tenant toujours le grimoire contre sa poitrine, Talia intervient :

– Carissa… Lyna a raison. Il est plus important de bien maîtriser les sorts

qu'on connaît déjà, plutôt que d'en apprendre d'autres.

Déçue, la princesse de Calix soupire.

– Tout ce que je veux, moi, c'est pouvoir me rendre utile, marmonne-t-elle.

# 2
# Un nouveau sort

Alors que ses amies sont parties pique-niquer au parc, Carissa s'introduit dans la bibliothèque magique des LoliRock.

Elle avance à pas de loup, quand soudain, un bruit la fait sursauter. Elle se retourne d'un bond et aperçoit un petit animal qui court après sa balle jaune.

– Ouf ! C'est toi ! Coucou, Amaru. Ne t'occupe pas de moi. Je viens faire quelques recherches, c'est tout !

La princesse examine les étagères remplies de livres magiques, ornés de signes étranges.

– Ah ! Le voilà ! s'écrie-t-elle en repérant la couverture mauve du grimoire d'Abazel.

Elle le retire du rayonnage avec précaution avant de le poser sur le lutrin.

En la voyant feuilleter les pages du livre magique, Amaru la fixe avec de grands yeux. Il pousse un petit grondement inquiet.

Carissa se retourne.

– Ne me regarde pas comme ça, d'accord ? Je sais ce que Talia a dit,

mais je veux seulement aider les autres princesses, explique-t-elle.

Elle se replonge dans l'ouvrage et tapote soudain une page du bout des doigts. Puis elle récite la formule :

– *Cristal-Luminis !*

Une boule lumineuse s'élève dans les airs, sous les yeux ébahis d'Amaru.

– Super ! se réjouit Carissa, toute fière d'avoir réussi.

Elle reprend sa lecture et tourne vite les pages, en commentant :

– Ennuyeux… Rasoir…

Tout à coup, elle s'arrête et s'écrie :

– Oh ! Ça, c'est intéressant. Le sort de multiplication… Il devrait décupler la force de tout le monde ! C'est exactement ce qu'il nous faut.

Elle parcourt la page en diagonale, en passant rapidement les détails.

– Voyons voir. *Bla bla bla bla…*

Sans prendre le temps de lire le paragraphe jusqu'au bout, elle se retourne et tend la main.

– *Cristal-Multiplicato !*

Elle attend un peu… en vain.

– Pourquoi ne se passe-t-il rien ? s'étonne Carissa.

Elle vérifie la formule dans le grimoire.

– Oh, zut ! J'avais mal lu.

Elle recommence aussitôt :

– *Cristal-Multiplicatus !*

Le sort frappe la boule lumineuse, qui se sépare en trois boules identiques.

Émerveillé, Amaru tend la patte pour les attraper, croyant sans doute qu'il s'agit de balles pour jouer.

Carissa fait la grimace, ce n'est pas le résultat qu'elle attendait.

– Je ne comprends pas… Ce sort était censé décupler la magie ! Pas la diviser !

Agacée, elle tend le bras en l'air et hausse le ton.

– *Cristal-Multiplicatus !* répète-t-elle, juste au moment où Amaru bondit pour attraper les boules lumineuses.

Cette fois, le rayon de magie s'abat sur le petit animal.

– Oh non ! gémit Carissa.

La pauvre créature se met à luire, à onduler… et se divise finalement en trois !

Face à Carissa se tiennent maintenant trois Amaru, correspondant chacun à une facette de la personnalité de

l'original : un animal au poil roux, qui grogne en montrant les dents, un petit blanc chétif qui couine, tremblant de peur, et un bleu rondouillard qui se lèche les babines, l'air affamé.

# 3

# Les trois Amaru

Amaru le furieux détruit un à un les cristaux magiques d'un coup de patte. Puis il s'attaque à la bibliothèque, jetant les précieux grimoires de magie au sol.

Aussitôt, Amaru le glouton se rue dessus pour les dévorer, croquant les pages à pleines dents. Quant à Amaru

le peureux, il se cache derrière une pile d'ouvrages, terrifié.

Au désespoir, Carissa se laisse tomber à genoux par terre en répétant :

– Oh non ! Non, non, non, non, non ! C'est une véritable catastrophe !

Elle feuillette frénétiquement le manuel, à la recherche d'une formule pour fusionner les trois petites créatures.

– Comment annule-t-on ce sort ? Il y a forcément une solution !

Pendant ce temps, Amaru au pelage roux continue à dévaster la bibliothèque, aidé par Amaru au poil bleu, qui engloutit livres, cristaux… et même les meubles, sous le regard effaré d'Amaru le peureux.

– Ah ! Voilà ! J'ai trouvé ! s'écrie Carissa, soulagée.

Mais alors qu'elle relève la tête pour lancer le sort antidote, elle constate qu'Amaru le furieux a réussi à transpercer la cloison de la bibliothèque magique. Il détale, pressé de détruire toute la ville.

Les deux autres s'engouffrent dans la brèche à sa suite.

– Non ! crie Carissa. Où est-ce que vous allez ? Revenez ici tout de suite ! Noooooon !

Pendant ce temps, au fond de leur grotte secrète, les jumeaux surveillent la maison de tante Ellen à travers leur vortex magique.

Méphisto fait des ricochets en jetant des cailloux dans la rivière souterraine.

– Cela fait des semaines qu'il ne se passe rien, se lamente-t-il. Ces princesses sont vraiment ennuyeuses à mourir !

Mais soudain, sa sœur Praxina se redresse. Elle vient de voir l'Amaru au pelage roux surgir de la maison en grondant.

– Oh ! Regarde ! Ça, ça a l'air intéressant.

– Quoi donc ? bâille son frère en s'approchant avec nonchalance.

Ils regardent sortir l'Amaru aux yeux brillants de gourmandise, puis l'Amaru au poil blanc qui file à toutes pattes, l'air paniqué.

– Ça alors... Je ne savais pas qu'Amaru avait fondé une famille, s'étonne Méphisto.

– Ce n'est pas sa famille. Ce sont trois Amaru différents ! rectifie Praxina, tout excitée.

Son frère fronce les sourcils, perplexe.

– Hum ? Trois Amaru différents ? Je ne comprends pas…

Praxina se frotte les mains d'un air réjoui.

– Je pense que quelqu'un a commis une terrible erreur. Une erreur

que je compte bien exploiter pour détruire les princesses. Et elle éclate d'un rire machiavélique.

# 4

## Amaru en danger

Entre-temps, Carissa a couru au parc prévenir ses amies. Elle les trouve allongées autour d'une belle nappe blanche, auprès d'un panier de pique-nique bien rempli. Talia joue de la guitare, tandis qu'Iris croque une pomme.

En la voyant arriver, Auriana s'exclame :

– Ah, Carissa, enfin ! On se demandait où tu étais passée ! Ton sandwich a refroidi, tu sais.

Elle s'interrompt avant de reprendre :

– Une minute. Bah non, il était déjà froid, en fait !

Mais ça ne fait pas rire Carissa, qui est complètement affolée.

– Venez vite ! halète-t-elle, à bout de souffle. Une chose affreuse est arrivée !

Aussitôt, les quatre princesses se relèvent d'un bond et rentrent à la maison en courant.

Une fois dans la bibliothèque magique, Carissa leur explique :

– J'ai voulu essayer de nouveaux sorts, notamment un sort de multiplication… sauf qu'Amaru a été divisé en trois Amaru différents ! Et ensuite… ils se sont enfuis !

Ses amies la dévisagent, horrifiées. Auriana étouffe un petit cri. Elle espère de tout cœur qu'il n'est pas arrivé malheur au petit animal de compagnie. Talia garde son sang-froid, comme toujours. Elle a déjà trouvé la bonne page dans le grimoire.

– Ce sort ne devrait pas diviser quoi que ce soit, normalement, déclare-t-elle après l'avoir lu.

Lyna secoue la tête, désabusée.

– Oui… À tous les coups, tu t'es encore trompée, Carissa.

Iris prend gentiment son amie par les épaules.

– Réfléchis, Carissa. Es-tu sûre d'avoir bien prononcé la formule ?

Toute honteuse, la princesse de Calix baisse la tête en balbutiant :

– Euh… Oui… J'ai vérifié, mais…

Talia referme le grimoire d'un coup sec avant de déclarer :

– Lancer un sort, ce n'est pas seulement énoncer des mots magiques.

Lyna fronce les sourcils.

– Qu'est-ce que tu veux dire ?

– Il faut aussi visualiser ce qu'on souhaite obtenir, lui explique Auriana. Si tu n'es pas assez concentrée, le sort peut facilement mal tourner. Je suis bien placée pour le savoir, ça m'arrive très souvent.

Talia confirme :

– Oui, c'est le moins que l'on puisse dire ! C'est pour ça

qu'il est important de perfectionner ses sorts. Bon, nous n'avons pas de temps à perdre, il faut agir vite.

– Pourquoi ? s'étonne Iris.

– Le sort de multiplication permet de décupler des pouvoirs, c'est vrai... Mais en contrepartie, il consomme de l'énergie beaucoup plus rapidement ! prévient Talia.

Elle baisse tristement la tête avant de conclure :

– Une fois que leur magie sera épuisée, les trois Amaru cesseront d'exister.

Auriana pâlit à cette simple pensée.

– Oh ! Il faut à tout prix éviter ça ! Pauvre Amaru !

Carissa s'excuse, confuse :

– Je suis sincèrement désolée. Je croyais pouvoir renforcer notre magie à toutes les cinq !

Elle prend le grimoire des mains de Talia et le feuillette en toute hâte.

– J'ai trouvé un sort pour tout arranger.

Comme la princesse de Xéris la toise d'un œil dubitatif, Carissa lui met la page concernée sous le nez.

– Tu vois, Talia ? Il s'appelle… *Cristal-Lyos.*

Celle-ci le parcourt rapidement. Le schéma représente trois entités qui se réunissent.

– Mmm… Ça devrait marcher.

Les princesses, soulagées, respirent à nouveau, mais Talia leur rappelle que, avant toute chose, il va falloir retrouver les trois Amaru…

# 5
# Le plan de sauvetage

De leur côté, les jumeaux maléfiques se sont lancés à la recherche des trois Amaru. Ils arrivent devant un entrepôt désaffecté. Le béton fissuré laisse apparaître les briques, et les poutrelles métalliques sont rouillées. Ce n'est pas très engageant.

–Je te jure que j'ai entendu un bruit qui venait de là, affirme Méphisto.

Le vacarme les attire derrière le hangar. Ils découvrent Amaru le furieux en train de cabosser les restes d'une voiture. Il lance des coups de pied et des coups de poing, puis il aplatit un pot d'échappement avant de s'en prendre à une jante.

Méphisto passe une main dans ses cheveux, impressionné.

– Waouh ! Quelle teigne, celui-là ! Il fait presque peur !

Praxina a les yeux qui brillent.

– Des pulsions destructrices… et de la rage à revendre ! C'est la combinaison idéale !

Elle doit se baisser pour éviter une pièce métallique qui lui frôle le crâne.

– Oui. Il sera parfait, conclut-elle.

– Parfait dans quel but ? demande son frère.

Praxina lève les yeux au ciel, clairement exaspérée par son manque d'imagination.

– Pour nous aider à éliminer les princesses, voyons !

Elle s'approche du petit animal roux.

– Ooooh, regarde-le ! s'extasie-t-elle, attendrie. Il adore détruire tout ce qui lui tombe sous la patte.

Son frère, qui a enfin compris son plan, renchérit :

– Oui ! Nous n'aurons qu'à le dresser pour détruire ce que nous lui demanderons !

Et cette fois, ils éclatent tous les deux d'un rire machiavélique !

Dans le sous-sol de la maison de tante Ellen, les princesses essaient de repérer où se trouvent les trois petites créatures grâce à la magie.

Carissa remet une balle jaune à Auriana.

– Tiens, le jouet préféré d'Amaru, dit-elle.

– Tout est prêt. Commençons ! déclare la princesse de Volta.

Iris, Talia et Auriana forment un cercle autour de la balle et se donnent la main en entonnant le sort de localisation :

– *Cristalocum-Ostendere !*

Trois bulles de visualisation apparaissent.

– Voilà le petit Amaru blanc tout peureux ! Sa magie diminue déjà ! gémit Auriana.

Effectivement, sa médaille magique clignote de plus en plus faiblement, signe qu'il est en détresse.

– Il faut vite les retrouver, décrète Talia.

– Regardez ! ajoute Iris en désignant l'Amaru au pelage roux.

– Oh non, soupire Talia. Les jumeaux sont avec celui qui est énervé !

– Mais je crois que je reconnais cet endroit, affirme Iris.

– Oui ! C'est l'entrepôt ! enchaîne Auriana.

Lyna, qui se tient derrière ses amies, demande :

– Et les deux autres ? Où sont-ils ?

– Le gourmand vient de se faufiler dans la salle du *Smoothie Bar* ! Mais je n'arrive pas à voir où se trouve le dernier. Il se cache derrière un gros buisson.

Carissa plisse les yeux et déclare :

– Attendez ! Moi, je crois savoir où il est !

Les bulles de localisation se dissipent. Toujours efficace, Talia prend les choses en main et échafaude un plan.

– Nous allons nous séparer, décrète-t-elle. Nous trois, nous filons à l'entrepôt. Lyna, tu vas capturer le gourmand. Carissa, tu t'occupes du peureux. D'accord ?

Ses amies acquiescent et filent accomplir leur mission chacune de leur côté.

# 6

# Un dressage difficile

Les jumeaux maléfiques essaient de dresser le petit Amaru furieux à l'intérieur de l'entrepôt désaffecté. Mais le moins que l'on puisse dire, c'est qu'il leur donne du fil à retordre.

Méphisto commence à s'énerver.

– Tu vas obéir, oui ? Assis !

Pour toute réponse, la bestiole rouge grogne férocement, puis fait volte-face pour lui montrer son derrière !

Outré, Méphisto proteste :

– Mets-y un peu du tien… Assis ! Assis ! hurle-t-il.

Amaru le féroce se retourne d'un bond et se rue sur lui, en sortant les griffes.

Méphisto recule précipitamment.

– Arrière ! Pas bouger ! Pas bouger ! Au pied ! Au pied ! Non, non, non ! N'approche pas !

Sa sœur observe la scène, bras croisés, adossée à un pilier métallique. Elle secoue la tête, moqueuse.

– Méphisto ! Ce n'est pas un chien, voyons.

– Il doit apprendre à obéir aux ordres. Sinon, comment être sûrs qu'il attaquera les princesses en les voyant ? fait valoir son frère.

Il le bombarde de cristaux verts, que l'animal esquive sans difficulté, avec des grognements de plus en plus furieux.

Méphisto se réfugie derrière un pilier.

– Est-ce ta façon de communiquer, sale bestiole ? Parce que je ne comprends pas un traître mot !

Praxina s'avance vers la créature.

– Je sais comment nous faire comprendre… affirme-t-elle. *Anima-Lodere !*

Elle lance un sort à Amaru, puis fait apparaître un cristal sombre qui diffuse des images des princesses. Aussitôt, le petit animal déchaîné se jette dessus et le fait voler en éclats.

Praxina éclate d'un rire mauvais.

– Bien joué !

À l'autre bout de Sunny Bay, Lyna est arrivée au *Smoothie Bar*.

– Amaru ?

Le petit animal bleu, perché sur le bar, est en train de dévorer les réserves de fruits frais qui servent à concocter les cocktails.

En la voyant, il relève la tête et émet un rot sonore. Lyna tend la main pour lancer son sort préféré :

– *Cristal-Levitus !*

Amaru le glouton s'élève dans les airs, serrant dans ses petites pattes son butin – poires, bananes et raisin.

La princesse le saisit au vol.

– Oh, là là, Amaru ! Tu as semé une belle pagaille. Ce n'est pas bien du tout ! le gronde-t-elle. Allez, viens… Je vais te ramener à… Aaah !

Alors qu'elle pousse la porte du *Smoothie Bar*, le coquin lui échappe et part au galop dans la rue.

– Attends ! Reviens ici ! proteste Lyna en lui courant après.

Après une folle poursuite, elle repère le glouton, le museau collé à la vitrine d'une pâtisserie. Il se lèche les babines en voyant tous ces bons gâteaux et ces sucreries.

Le temps qu'elle le rejoigne, il a déjà poussé la porte.

– Oh ! Amaru ! Non ! Sors de là tout de suite !

Effectivement, le petit animal bleu ressort un instant plus tard, une grosse glace entre les pattes. Elle en profite pour le cueillir. Tout occupé à déguster son cornet, il se laisse faire, mais la pauvre Lyna a bien du mal à le soulever.

– Pouf ! souffle-t-elle. Qu'est-ce que tu es lourd !

Carissa, elle, cherche Amaru le peureux dans les jardins du muséum d'Histoire naturelle.

Elle se penche près des buissons, qu'elle a reconnus tout à l'heure, en murmurant doucement :

– Je sais que tu es dans les parages… Sors de ta cachette, Amaru !

Un minuscule museau blanc émerge timidement du feuillage. Carissa s'efforce de prendre une voix rassurante :

– Ne t'en fais pas. Je ne te veux aucun mal.

Elle écarte délicatement les plantes, découvrant le petit animal tout tremblant.

– Oooooh… Qu'est-ce que tu es chou !

Puis elle tend les mains vers lui.

– Viens dans mes bras ! Allez ! On rentre.

L'Amaru blanc s'approche pas à pas, méfiant. Mais soudain, il prend peur et détale à toutes pattes.

Carissa le poursuit à travers le jardin, mais il est rapide. Il saute par-dessus les haies, slalome entre les arbres… et finit par bondir à l'intérieur du musée par une fenêtre ouverte !

– Oh, nooon ! soupire Carissa.

Elle n'a pas le choix, elle doit s'introduire dans le bâtiment, elle aussi. Elle se hisse sur le rebord en pierre, puis saute de l'autre côté et atterrit sur le parquet bien ciré du musée. Tout autour d'elle, des curiosités naturelles sont exposées dans des vitrines : pierres, cristaux, fossiles, roses des sables…

Dès qu'il aperçoit Carissa, Amaru file se cacher derrière un gros meuble en bois. Elle s'approche à pas de loup de l'autre côté et lui bloque le passage.

Vite, elle l'attrape.

– Je vais nous sortir de là, promet-elle. Il faut seulement que…

Mais le petit animal semble sans force dans ses bras. Ses yeux se ferment à demi et sa médaille clignote lentement.

– Oh ! Mon pauvre ! Tu as l'air tout faible.

C'est alors que le conservateur du musée fait irruption dans la salle, furieux de trouver une intruse… et un animal !

– Hé ! Toi ! Pas un geste !

– Désolée, mais il faut que je file ! s'excuse la jeune fille en prenant la fuite par la fenêtre.

Tout en courant, Carissa halète :

– Accroche-toi, Amaru ! Nous allons retrouver les autres.

# 7

# Une bestiole diabolique

De leur côté, les trois LoliRock sont arrivées à l'entrepôt désaffecté.

– Amaru ?

Elles aperçoivent une silhouette au poil roux dans la pénombre.

– Là ! C'est lui ! s'écrie Auriana. Nous l'avons retrouvé !

Les filles s'approchent doucement de l'animal.

– Soyez prudentes, leur recommande Talia. Les jumeaux ne doivent pas être loin.

– Bien vu ! s'écrie Praxina en s'interposant entre les princesses et Amaru.

Elle lève le bras en hurlant :

– *Telanoc !*

Une haie de cristaux rouges se dresse en travers de leur passage. Aussitôt, Amaru le furieux prend

son élan et se jette sur elles, toutes griffes et crocs dehors, en rugissant férocement.

Les LoliRock courent pour lui échapper. Auriana trébuche et s'affale au sol. Elle n'en revient pas.

– Amaru m'a attaquée ! constate-t-elle d'une voix étranglée.

– Très beau travail, mon grand ! le félicite Méphisto.

Mais le compliment n'a pas l'air de plaire à l'Amaru furieux, qui grogne en montrant les dents, si bien que Méphisto recule précipitamment.

Iris n'en croit pas ses yeux.

– Oh non ! Il est passé dans leur camp ! gémit-elle.

Elles n'ont pas le choix, il va falloir se battre. Les trois LoliRock se relèvent d'un même mouvement, déterminées,

et entament leur métamorphose.

Le pendentif d'Iris se met à étinceler lorsqu'elle s'écrie :

– Iris, princesse d'Ephédia !

Aussitôt, la jeune fille se métamorphose : sa tenue se transforme en robe bustier, avec une longue traîne en voile pailleté, des bottes hautes et des bijoux en forme de cœur, son symbole. Ses cheveux s'allongent et deviennent roses. Elle est méconnaissable !

– Talia, princesse de Xéris !

– Auriana, princesse de Volta !

Ses deux amies l'imitent, chacune leur tour, et se changent également en princesses scintillantes.

Talia porte désormais une petite veste bleue sur une jupette blanche avec de hautes cuissardes et des bijoux en forme de losange, tandis qu'Auriana a une tunique orange à motif de lune dorée. Ses longs cheveux encore plus flamboyants que

d'habitude sont tirés en queue-de-cheval par un splendide bijou en or.

Iris tend les bras en criant :

– *Cristal-Colidium !*

– Fais attention ! Évite Amaru ! lui recommande Talia.

La princesse d'Ephédia entoure le méchant Amaru de cristaux roses sans le toucher, pour essayer de lui bloquer le passage.

Soudain, Méphisto surgit derrière les princesses en grondant :

– *Anoderare !*

– Oh non ! Je ne peux plus bouger ! gémit Auriana, coincée dans un cocon de cristal vert.

Talia tente de la libérer en lançant un sort :

– *Cristal-M...*

Mais l'Amaru maléfique lui saute au visage, l'empêchant de terminer sa formule.

– *Anoderare !* déclame Praxina.

Talia se retrouve enfermée à son tour dans un cocon de cristal.

Les jumeaux ricanent méchamment devant la mine déconfite d'Iris. Et bientôt, cette dernière devient elle aussi prisonnière du cristal.

Juste à ce moment-là, Carissa arrive à l'entrepôt, tenant dans ses bras le petit Amaru blanc, de plus en plus faible.

– Nous allons bientôt inverser le sort, lui promet-elle. Tiens bon ! Tout se passera bien, d'accord ?

Mais en entrant dans le bâtiment, elle découvre ses trois amies engluées dans le cristal, suspendues à une poutrelle métallique.

– Oh non… *Kratchnitz !* peste-t-elle.

– Sauve-toi ! lui conseille Iris. C'est trop dangereux ici !

– Mais il faut à tout prix rassembler les trois Amaru au plus vite ! proteste Carissa. Celui-là est à court de magie !

Alors qu'elle tend le petit animal blanc à bout de bras pour le montrer à ses amies, le rouge se jette sur elle et le lui arrache des mains.

– Ah, double *Kratchnitz* !

Méphisto semble ravi de la voir.

– Ça alors ! C'est l'une des petites nouvelles !

Furieuse, Carissa soutient son regard.

– Ne me sous-estimez pas ! Carissa ! Princesse de Calix ! s'écrie-t-elle tandis que sa manchette étincelle.

Pour se transformer, elle disparaît dans une bulle. Sa longue tresse rousse devient violette, avec deux mèches retenues par des barrettes en forme d'étoile. Elle porte une jupette et un bustier mauve, des bottines et de hautes jambières de la même couleur.

Elle prend son élan et lance ses massues sur les jumeaux maléfiques. Hélas, ceux-ci se volatilisent pour les éviter.

Méphisto réplique par une attaque de cristal vert.

– Euh… Les filles ? Vous m'aidez ? demande Carissa.

Mais Iris secoue la tête, impuissante.

– Nous ne pouvons pas bouger ! Nous sommes coincées dans ces cocons !

– Oh non ! gémit Carissa. Mais… et Amaru ?

Le petit animal blanc gît dans les bras de son double furibond, les yeux clos, à court de magie. Sa médaille clignote de plus en plus faiblement. Si les filles n'interviennent pas rapidement, il risque de disparaître.

– Tu dois lancer le sort de fusion ! affirme Talia.

Carissa contre une à une les attaques des jumeaux qui la bombardent de cristaux rouges et verts.

Elle commence à paniquer.

– Mais il nous faut les trois Amaru pour que le sort fonctionne ! Où est Lyna, bon sang ? s'impatiente-t-elle.

Une voix retentit alors dans son dos.

– Je suis là !

La princesse de Boréalis se tient à l'entrée de l'entrepôt, déjà métamorphosée. Son interminable chevelure brune a pris une teinte vert jade, ornée par une barrette en forme de lotus, son symbole. Elle porte de hautes bottes, avec une jupette blanche, un bustier vert et une longue traîne en voile pailleté.

D'une main, elle lance immédiatement son cercle de combat pour éloigner les jumeaux de son amie. De l'autre, elle tient le petit animal glouton dans une bulle de cristal vert pâle.

– Pardon pour le retard, s'excuse-t-elle en rejoignant Carissa. Amaru le gourmand ne tient pas une seconde en place quand il n'est pas gelé ! *Cristal-Solvenda !* ordonne-t-elle pour le libérer.

L'animal au poil bleu s'anime aussitôt et part à la recherche de quelque chose à se mettre sous la dent. Ignorant les grondements féroces de son double maléfique, il tente de croquer dans une poutrelle métallique. Quant au troisième Amaru, il s'est caché derrière une caisse, terrifié.

– Bon, ils sont tous là, constate Carissa. Je vais essayer… *Cristal-Lyos !*

Les trois petites créatures se mettent à luire et à flotter dans les airs… mais elles retombent aussitôt.

Le sort a échoué.

L'Amaru au pelage roux se remet à taper sur tout ce qui bouge, l'Amaru bleu ronge un poteau tandis que l'Amaru blanc tremble de plus belle.

– Oh non, raté ! se lamente Carissa. Tout ça, c'est ma faute !

Méphisto surgit derrière elle.

– Oooooh ! s'exclame-t-il, moqueur. Alors c'est toi, que nous devons remercier ! Grâce à toi, nous allons enfin pouvoir vous éliminer ! Félicitations !

Praxina le rejoint, les yeux brillants de joie.

– Votre heure a sonné, maudites princesses. Faites vos adieux, ordonne-t-elle en pointant un index menaçant.

Alors que son amie brandit ses massues, Lyna s'interpose entre eux.

– Carissa ! Laisse-moi m'occuper des jumeaux. Toi, réessaie de jeter le sort !

Et sur ces mots, elle lance son cerceau magique autour des jumeaux… qui se retrouvent prisonniers.

Mais Carissa hésite à prononcer le sortilège.

– Cela n'a rien donné la première fois ! Vous avez bien vu !

Talia intervient alors depuis son cocon de cristal.

– Comme c'est toi qui les as divisés, tu es la seule à pouvoir les rassembler.

– Sauf que… je ne sais pas…

Iris l'encourage :

– Je suis sûre que tu vas y arriver !

– Oui ! renchérit Talia. Concentre-toi ! Visualise les trois Amaru mentalement et imagine que tu les fais fusionner.

Carissa hoche la tête. Mais les jumeaux s'échappent du cercle magique de Lyna.

– C'est ça ! Et vous vous imaginez que nous allons vous laisser faire ! raille Praxina. *Alteruina !*

La princesse de Boréalis réplique par son sort favori :

– *Cristal-Levitus !*

En suspension dans les airs, les jumeaux ne peuvent plus rien faire.

Mais c'est au tour d'Amaru le furieux de se

jeter sur Carissa. Elle le bloque avec ses pouvoirs.

– Comment voulez-vous que je me concentre si tout le monde m'attaque ? s'énerve-t-elle.

– Tu as raison, acquiesce Lyna. Nous avons besoin de renforts !

Elle lance son cercle magique comme un frisbee pour libérer les trois LoliRock de leurs cocons de cristal.

Praxina s'agite dans le vide, enragée.

– Raaaah… Méphisto, tu les as encore laissées s'échapper !

– Tu plaisantes ? Tu les as laissées s'échapper tout autant que moi, je te ferais dire !

Tout en continuant à se disputer, ils disparaissent en un éclair pour se libérer du sort de Lyna.

Iris en profite pour distribuer les tâches.

– Bon ! Talia et moi, nous nous occupons des jumeaux. Auriana et Lyna, essayez de distraire Amaru le colérique.

– Et moi, qu'est-ce que je fais ? demande Carissa.

– Tu lances le sort *Cristal-Lyos* pour sauver Amaru, répond Talia.

Pendant qu'Iris et Talia affrontent les jumeaux, Carissa ferme les yeux pour diriger toute son attention sur le sort.

– Ça va aller… Tu peux le faire. Concentre-toi, s'encourage-t-elle.

Elle imagine le petit Amaru blanc.

– D'abord, le peureux… Puis le gourmand…

Comme le furibond n'arrête pas de courir d'un bout à l'autre de l'entrepôt, Auriana intervient.

– Ruban de Volta ! crie-t-elle.

Son attribut magique s'enroule autour de la patte rouge du troisième Amaru, l'immobilisant un instant.

– Et enfin… le colérique…, murmure Carissa en se le représentant dans sa tête.

Puis en se concentrant sur leurs trois images qui se fondent en une seule, elle déclame :

– *Cristal-Lyos !*

Chaque petite créature est englobée dans une bulle lumineuse, puis flotte dans les airs pour rejoindre les deux autres.

– Non ! proteste Méphisto. Arrêtons-la !

Iris et Talia se plantent en travers de son chemin.

– C'est ça, réplique la princesse d'Ephédia. Et vous vous imaginez que nous allons vous laisser faire !

Les trois bulles fusionnent alors dans un flash éblouissant… et le petit Amaru mauve atterrit délicatement sur le sol. Il est redevenu lui-même !

– Ouiiiii ! s'écrie Carissa, ravie d'avoir réussi.

Auriana serre le petit animal contre son cœur.

– Amaru ! Je suis tellement contente que tu existes encore !

Praxina serre rageusement les poings.

– Oh nooooon ! Vous allez le regretter !

– Oh oui ! Je commençais à aimer notre nouvelle petite bêbête ! enchaîne Méphisto, déçu.

Lyna pose une main sur l'épaule de son amie.

– Beau travail !

– Je crois que j'ai compris cette histoire de concentration, affirme Carissa. Regardez. *Cristal-Multiplicatus !*

Tout à coup, les cinq princesses se sentent portées par une force magique démultipliée.

– Waouh ! s'exclame Auriana. C'est vrai que j'ai l'impression d'être beaucoup plus puissante !

– Allons rendre aux jumeaux la monnaie de leur pièce, décide Iris.

En les voyant briller d'énergie, les jumeaux reculent, effrayés. Les princesses brandissent leurs attributs magiques et hurlent à l'unisson :

– *CRISTAL-QUINTA !*

Tel un arc-en-ciel de magie, le pouvoir des cinq renvoie les jumeaux à l'autre bout de la galaxie.

Une fois débarrassées de leurs ennemis, les filles se laissent tomber à terre, soulagées… et épuisées.

– Je suis totalement lessivée, maintenant, remarque Iris.

– C'est pour cette raison qu'il ne faut utiliser ce sort qu'en dernier recours, souligne Talia.

Carissa baisse la tête, penaude.

– Pardon d'avoir causé autant de problèmes. Tu avais raison, Talia. C'est primordial de se concentrer et

de maîtriser les sorts. Je l'ai bien compris. À partir de maintenant, je perfectionnerai tous les sorts que je connais déjà.

Amaru saute dans ses bras et se blottit contre elle en ronronnant.

– Amarrrrru !

Auriana éclate de rire.

– Amaru est d'accord avec toi, visiblement !

Le soir venu, avant de commencer le concert au grand auditorium de Sunny Bay, sous la lumière d'un spot rose, Iris fait une dédicace spéciale.

– Notre première chanson est en l'honneur d'un très bon ami que nous sommes ravies de retrouver… Amaru !

Au premier rang, dans les bras de Carissa, le petit animal mauve, tout fier, applaudit à pleines pattes.

Dans la vie, il peut nous arriver d'être impatient, pressé d'apprendre de nouvelles choses ; mais que ce soit en magie, en chant, ou en danse, le secret, c'est de prendre son temps. Ça ne sert à rien d'aller plus vite que la musique !

FIN

# As-tu lu les précédentes histoires des LoliRock ?

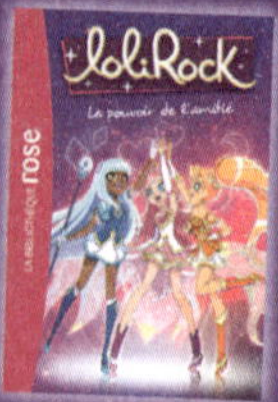


Tome 1
Le pouvoir de l'amitié

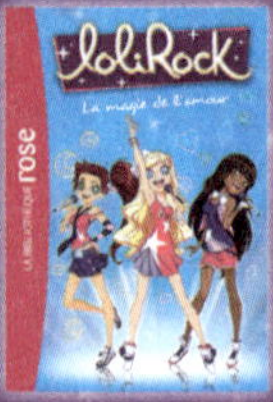


Tome 2
La magie de l'amour

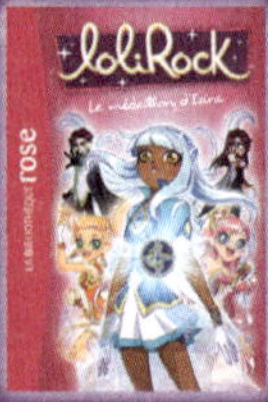


Tome 3
Le médaillon d'Izira

Tome 4
Mémoire trouble

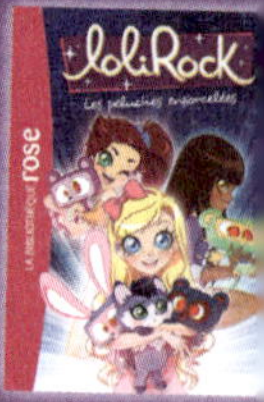


Tome 5
Les peluches ensorcelées

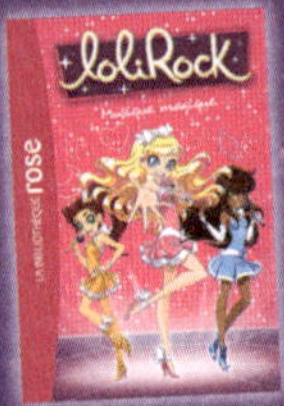


Tome 6
Musique magique

Tome 7
La maison hantée

Tome 8
Une surprise décoiffante

Tome 9
Cœur piégé

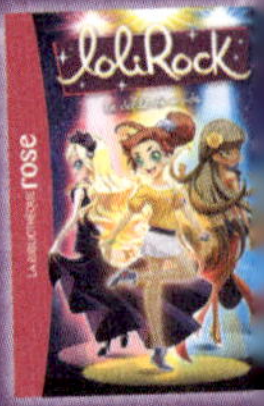


Tome 10
Le défilé de mode

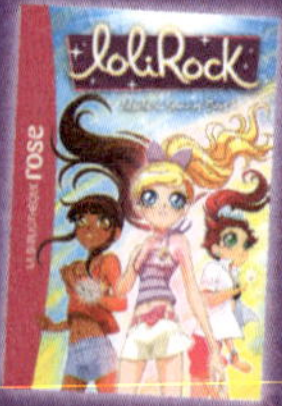


Tome 11
Alerte à Sunny Bay !

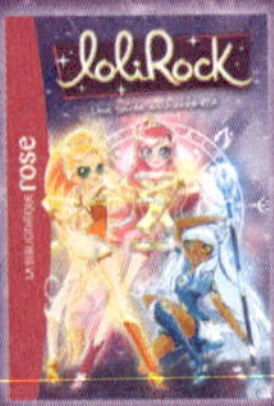


Tome 12
Une soirée enchanteresse

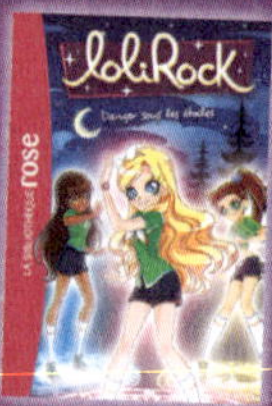


Tome 13
Danger sous les étoiles

Tome 14
Une croisière de rêve

Tome 15
Une journée pre ordinaire

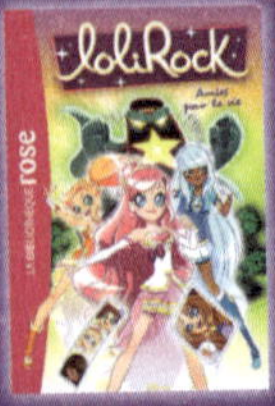


Tome 16
Amies pour la vie

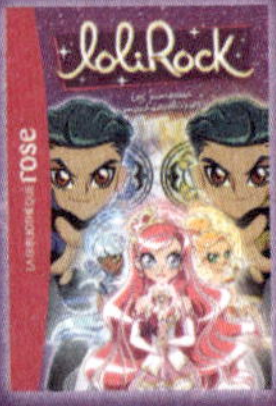


Tome 17
Les jumeaux machiavéliques

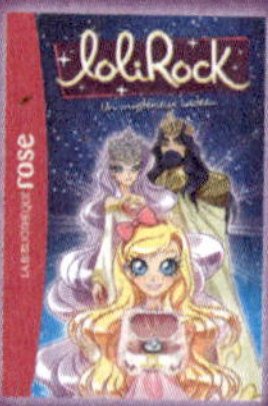


Tome 18
Un mystérieux cadeau

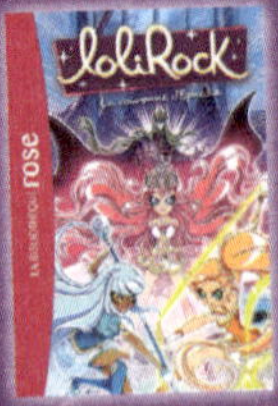


Tome 19
La couronne d'Ephédia

Tome 20
Princesse maléfique

Tome 21
Un dangereux compagnon

Tome 22
Une princesse de poche

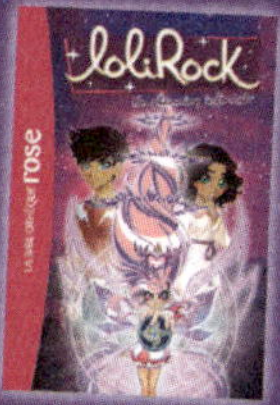


Tome 23
Un planning infernal

Tome 24
Identité secrète

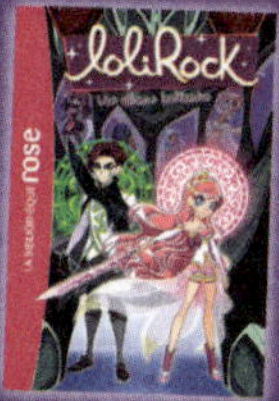


Tome 25
Une alliance inattendue

Tome 26
Un message troublant

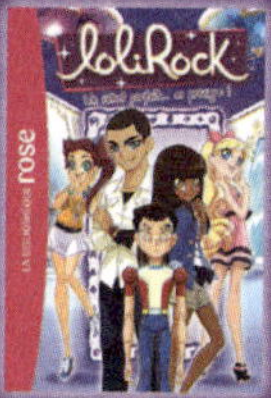


Tome 27
Un robot parfait… ou presque

Tome 28
Silence, ça tourne !

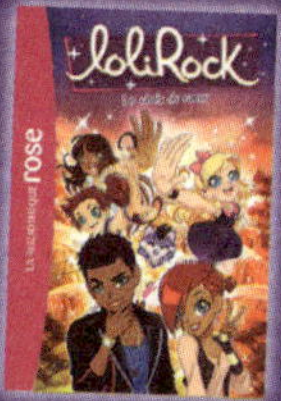


Tome 29
Le choix du cœur

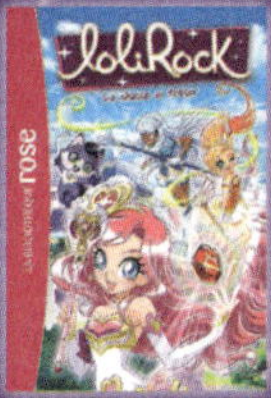


Tome 30
La chasse au trésor

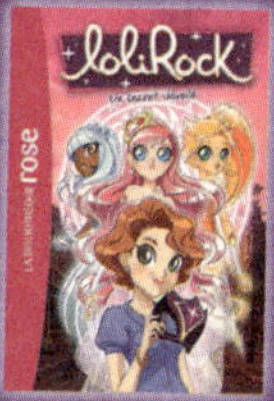


Tome 31
Un secret dévoilé

Tome 32
L'apprenti magicien

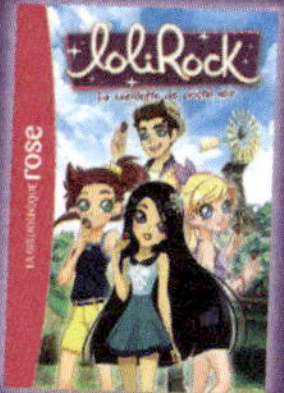


Tome 33
La cueillette de cristal noir

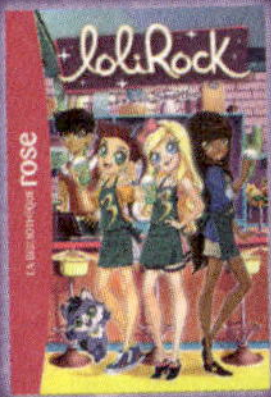


Tome 34
Le Loli-Smoothie

Tome 35
La danse maudite

Tome 36
Un super concert

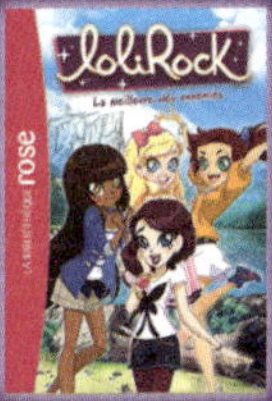


Tome 37
La meilleure des ennemies

Aventure sur mesure
C'est toi le héros

Retrouve bientôt Iris, Talia et Auriana pour une nouvelle aventure des

# LoliRock™

# Table

Photogravure Nord Compo - Villeneuve-d'Ascq
Imprimé en Roumanie par Rotolito Romania
Dépôt légal : mai 2023
Achevé d'imprimer : avril 2023
34.2019.3/01 – ISBN 978-2-01-788334-0
*Loi n° 49956 du 16 juillet 1949*
*sur les publications destinées à la jeunesse*